涌上白昼

水印 著

长江文艺出版社

水 印

生于1970年代末。

诗人、画家，出版诗集《象外之花》（2012年）。

现居兰州。

光的赐予

水 印

在想书名的时候，不，在等书名的时候，更确切地说，是我等待命名者赐予书名的时候，才懂得，是等待那一个白昼在我玻璃的门外像水一样上升，也必是全体白昼像海浪一样涌入的时刻——是的，仿佛，不，完全是等待世界的缔造者降临的时候。

苏明说："你是天使，要给人类以希望。"直到那黎明，我的那个白昼以吻的方式降临。

西棣说："她比万物还神秘，骑在二月的矮墙上。"

是诗。全部都是诗。只有诗才能言说我不可言说的。只有诗不能被言说——除去诗的另一种构成层面：诗艺。诗的性也就是神秘，她等同于造物的神秘。

世界是什么，水是她的奇点么？那么她又如何是一团永恒燃烧的活火呢？这世界、诸世界在上帝的手中，那么世界的本质是什么呢？没有人能回答我。而我经由那个涌上的昼，以生命经验的获得，说：水，在信徒的密道里，趴得更深，挖得更深，碾碎得更深，抛掉得更深，虚无得更深。

　　是的。还有时间。在时间之内，诗人自存在之窠，摘取神之美和天之火，从裹挟着的绝望里迸发出飞鸟的希望，并以希望之光永久隐身于生活。在如此勤劳的宇宙里，人类辛苦迁徙。在如此勤劳的宇宙里，诗的思想在暗夜里运送着光的孩子。在黎明将来之时，以诗言说，以诗人注定的命运形式，用箭步一样的多个注脚浓烈地涌上这昼。以诗人命运押注诗神之爱，命运已许可。那么，她还荒谬吗？她还能吗？这些问，留待以后的书写。

滚滚的言说之思已经涌上白昼，一张张的书写之纸已经涌上白昼。

何以如此之轻？我何以如此之轻？

《涌上白昼》是我 2009 年至 2017 年写下的诗篇，里面有我 2013 年至 2017 年的纸本小画。

这些赐予我的，也将涌入你的眼睛之窗。

2017. 8. 11

目录

夜 气

看　黑色的同类
皮毛闪出宝物
我所眷慕的白
吐出炼金术

预　告

如果允许，
我在泥土里，预告半截骨头和一切水
预告给未来，
用此刻巨大的时间截开昔日的形骸

布达佩斯的街

交之于黑暗
你们就会重新遇见

遇见灰色白色明色纯洁色
遇见迟缓
遇见河　遇见红

你遇见你的双十字架
交索于生活
模仿陈述句

布达佩斯的街上
你模仿雕塑的动作

布达佩斯的街啊
你模仿黑暗的尽头

神在星期三给了名字

星期三

托娜塔拿了一只苹果
病中的托娜塔　拿了一只苹果

托娜塔在鹅黄色的光线里

她的桌子　她的椅子
她新放了一枚硬币的蓝色抽屉

回忆起来的一切
那里有严厉的风吹过

麒麟在水光
小鸟在如同洼地的天空里

我病中的托娜塔
带着苹果的味道
在缎子与枯柴的门口

我遥远的托娜塔

在缎子与枯柴的门口
水　画出你自己么
借了这大罐水　大罐的水
全部的记忆

我遥远的托娜塔
正在来的路上

在等待中　我回忆起
一场风　一场岩石
一场坚硬的山花
开在父亲走过的另一条路上
我看见那时的光线
他怀抱蓝色衣服的孩子
看上去很好
（在这之前，有过很坏的时间
另一个孩子在土里叫）
托娜塔
请沿着那些旧路　走上一走

托娜塔　我遥远的托娜塔

你将走上比紫色山花还坚硬的　一些
托娜塔，我遥远的托娜塔
我想哭泣，却忘记为了什么

当神给了托娜塔这个名字

忘记为了什么
星期三　给我　托娜塔这个名字

托娜塔　玻璃药瓶
托娜塔　树枝的阴影
倒在窗帘上

托娜塔　玻璃药瓶
多出一片药

白色药片

多出一片药
白色药片
你有的我没有

白色药片
我有的你没有

诗　人

谋略着他的瘦削
谋略着他在黑夜中的诵念
谋略着他很白的白
他不需清洁　他干净
他过来
抓住你的手

灰蓝色的变奏

1

如果。我只能描述我面前的这幅画
而同时。我观察静止事物
观察静止物体的细节部分：
沙发布的边裾。坐垫的羊毛皮
和许多屁股摩擦后，一些
或某个屁股的平庸让乳白色的羊毛
一簇簇，又一簇簇的
仿佛平常的安静
又仿佛有种不平常的不安分
一切都是因为屁股么
人类的诞生也是因为屁股吗

2

我对你说，这幅画的旁边
是一具小巧的沙发椅，再旁边
挂着一条白色的裙子，另一条黑色的裙子

接下来，我要挪动我那张蓝色的桌子

毛皮的细枝末节，画面的大概内容

衣服的轮廓，等等事物

它们的位置就会因此而改变

一些模糊浮现的曾经的笑

人，陌生的人，名字，符号，唾液

树叶，穿旧的鞋子，紧绷的牛仔裤

含着的糖块，我的长不高个子的苦难的小姑姑含着
　　糖块，握住大人的手

自来水房，她动着身躯来回把水龙头打开，关上，
　　打开，关上，打开，关上，打开

(是这些。就是这些

我喜欢想起这些。我喜欢这样想

我乐于想起我的小姑姑)

我可以对你说，我也乐意记住这种色彩

沙发布的颜色：灰蓝

坚　果

铁锹。鱼类
如同疼痛了就安息了
如同穿了熟悉的衣服走过去
如同不明真相的事件等待推入时间的漏洞
是的　你说是海洋
它们附和着说：海洋

是的　站在那棵苹果树下就消失了的海洋
站在苹果树下，你就消失了

一片大
梦里一片大：等待
等待秋天老虎的奇异果
与你的鱼有关
与脱落在世界的牙齿有关

铁锹。鱼类
如同疼痛。如同安息
如同你在秋天会醒
仿佛疼痛是一种位置

小情人

你抱着你的小情人醒来
抱着东窗事发的八月醒来
你抱着背影醒来
每一个背影都是秋天的面孔

解　语

当时
一定是
抱一把柴火
捧一杯清水
带着蜡烛和药片上路的
我的父亲和母亲
我听见他们
湿漉漉地燃烧
湿漉漉地解释

过来
说吧　说吧
说风　得了要领

另一些人
他们瘦削
清洗白帽
童年
如那一句至高的咒语
在深坑里伸出十个手指

另一些人
他们仍然瘦削
清洗白帽

毛拉仍在花儿中
制造经世的解语

我是另一个
经过解释和燃烧
多出的手指
留到最后的手指
像植物
尽管连根拔起
咒语也无法破解的
那一个

狂　雪

1

雪
你将要来

2

那个满脸胡茬的
怀抱这些喧沸的
最轻的盐类
做柔软姿态
大地总在长脑子
都是一个沉着的疯脑子

3

可是！
狂雪狂雪　我爱你
那个满脸胡茬的

疯脑子　僵硬的水
双手捧一张苍白的小脸

4

狂雪狂雪　我爱你
过去的小身体
那些纯洁的
使我们
一起放肆大哭

5

是
雪将要来
你也将要来

乐 园

或是我去过的地方

你们　吻过我
而捡起清晨的
是我的爱人

饮食中
你们吻我
我有盘子与碗
解救者：我们围坐在一起
你们吻我在我的饮食中

一切很公平
阳光曾经在树木中
我曾经在走失的线条上

推门而入吧
清晨
蜂蜜已酿就

叹　息

人生的事：
河流向前
一如既往

雷诺阿

雷诺阿的花园

雷诺阿的橄榄树

雷诺阿的嫉妒

雷诺阿的幸福

雷诺阿的痛苦过去了

两只嘴唇颤抖着：含着花朵

他们　经过海洋
含着五点六点的失落
含着七点　你举起了碗：
含着，八点之后的大火
——谁使你发声？

手心是红　是冰水
秘密　海中的犀牛
饮尽全部的渴

一个数字
或者由一个孩子
念出自然的秩序：睫毛　雨水
　　　　　　　树与海洋
两只嘴唇颤抖着：含着花朵

玛格丽特

1

玛格丽特
睡在你的杯中
玛格丽特
你用来装满我

比如　忧伤
比如　一只手

比如　简单的叶脉
呼吸均匀

2

玛格丽特
你累极了

你睡在杯中

你睡在林中
你睡在诗中
你睡在死亡中

玛格丽特是你死掉的小情人是你活着的小爱人
是淌出的眼泪
玛格丽特　站起身
我走向你

漫步者想

漫步者，想
展开一些奇妙的事物
让它们呼吸平常

漫步者，想
静极了
把风还给水
把水还给风

漫步者，想
一念起
一念灭
风是风
水是水

明亮的孩子望向你

对于某种剧烈的颜色
之外的补偿是寂静

在动荡与自我消亡的路途里
不尽然是
模糊了的欢痛

什么又该归向你
那个确定的哀伤

摩耶说梦

画册中摩耶说梦，与之有几人
你或我，许是当中一位
同样身着青衣，一样席地而坐
再看塘中荷花，自然开放
只有看花人因此误了时间而已

对面的朋友穿了明亮的蓝色毛衣
褐色的裤子
与他说着话，轻巧又笨拙
同时也像一场异时的梦

像木蝉嘶嘶鸣叫，用它被雕琢了的木身

或许是没有开演就已然谢幕的剧目
是没有下雨就已经湿透了的青色衣服

摩耶说梦
今天就说分明感觉要离开了
却频频再见的人们

摩耶说梦

恍然错隔了朝代

恍然知晓时间是一把亡命的木剑

我们贯穿其中，却仍然毫发不伤

平　原

1

对面的鸟衔来了灯火
我抬头，你在。我抬头，你不在
然而通明或通黑，只在一念之间
只在一念之间
鸬鹚白鹤，乌鸦夜莺

2

放我入云，不料我去了南山
不颂扬，不秉德，不消遣
不料你也来了
我是这般婆娑愚钝女子
你仿佛知了
又仿佛不知了

3

看　五月的樱桃　五月的草莓
看　空气里的静默持守新鲜

柔软有伤　暗含檀的香气

4

这深沉的悲悯，这说不出的
这善良将安妥带去又带来
坐在夜的地上，我欲言又止
这与众之外的，有它的地域
有它的触角，有尖刺与格外的彷徨

这是什么？时间予以呐喊，它就叫着
获取你，赋予痛感
取得了你的沉默。石头与风
世界的漏洞，我们纵观，然后向下

5

风与石头，没有纰漏

风与石头
相互观望

我要到达你的某处
丰富时间的建筑
丰富其流逝
我要到达你赤裸巨大的平原

弗里达告诉的

弗里达告诉的

穿上裙子　女人　也穿上裤子　女人

弗里达告诉的

是排比句　疑问句　设问句　最后的一个陈述句后
　　面加一个啊字儿

啊！呼吸错愕

弗里达告诉的

眉毛连在一起　你就开始喊叫　你喊你的红色

红色

恨你的红色　你恨的红色

描你的红色　你描的红色

扔掉你的红色　消化你的红色

吃掉你的红色　你吃掉的红色啊

打开分娩血的门

永生的分娩就是弗里达

弗里达是黄金的绶带

坚定而放荡地开向她故乡的河流两端

从不请求赦免

她是赦免本身　她是赦免本身

啊！上帝在呼吸错愕

你携带没有地址的卵

你携带没有地址的卵

你携带白昼的虚弱
你携带黑夜的天梯
你携带秋日的悲鸣
你携带发春的地址

风吹着你
那是沙砾的钟点　唇边的黑斑
风吹着你
你携带空的中心　粮草的马尾

你携带没有地址的卵

你与我的爱人伏在我的脸上

你与我的爱人
伏在我的脸上
永远：
永远未曾发生

它在海洋黑暗的上方
靠近你

它飞向你
再抛掉你

你携带耳穹
如空的马　空的壳

花　悬在爱人的嘴唇
我渴望着它
我正在渴望
忘记它

平　息

经过孩子眼的窗户
经过冷抒情般的敏锐，醒了

它轻如黑夜的薄荷
它经过你的十三点钟
丰盛中的颓靡，到达清醒
过程，是隐藏你自己的一截载渡
它来自清醒。它又来到清醒

我说忧郁，它总是迟钝的
它逃离了暴烈。它平息着我
它平息着自己。如同时间在平息
如同此时我想起仅有的几个词语
水草　池塘　生活　饮食

齐刷刷地站立在梦境

齐刷刷地，半条鱼的一条命
齐刷刷地，你们都来了
在它的周围，站立
只有在梦境
你们才能，站立在命运的周围

玫瑰，向日葵，野生的籽
拿着短木棍的人，罂粟小脸

新鲜的用来泡水喝
泡水喝的总能使你愉快
一张桌子，玫瑰，向日葵，野生的籽
看，你们都来了，齐刷刷地，都来了
去往的河。花蕾的疼

都回去吧
最后。最后
最后我说到
花蕾的疼，你们横在河里
你们站在命的旁边

秋日诵念

1

秋风吹过
十个果子　还剩三个
十个果园　一无所有
一无所有的下午
你在摘取果中的旧诗

2

你想起　玛格丽特
曾经的　玛格丽特

3

秋风吹过……苦涩
就连苦涩都一无所有
你
坐在昨天的果园中

把玛格丽特
诵念（也把你自己诵念）

玛格丽特
你是
我十个果子的肉

十个肉
十个果子的肉
请将我秋天的玛格丽特，诵念
你是　十颗果
你是　果十颗
——投中，往来之风

秋天的棉线

准备吧　机器
准备吧　棉线
准备吧　剪刀

准备吧
命运
剪刀就要剪入你
秋天的深处

白色的果园　正在怒放
怒放着　二十二种　浓郁
二十二种　粗暴
怒放着　二十二个小情人
死后的温柔

剪刀已剪入　你秋天的深处
果园正在怒放
果园就要停止怒放

机器　开始吧

棉线　开始吧
剪刀　开始吧

秋天的
二十二支棉线
它保护着　人类受伤的脚

秋天的最后一支棉线
命运很快就要剪开它

神啊，镜子里的浮现

1

乏善可陈，顺序排列
秩序牢靠，挥手致意
光阴，把结束并入进展中

2

把流石关在外面的
只有比流石大的石头
门　一只眼睛看不见另一只眼

3

走去给孩子说影子，走着走着
惭愧心。我的话太多了
给孩子的

诗人的理由

一颗旧银的理由
显示　任意一桩迟缓

一株花朵的理由
经过　巧妙的情人

你用陌生的唇
吻　丢失了的手

用你陌生的唇
诗人
吻　失去了的句子

每一场梦都是一个怀疑

每一场梦
都是一个怀疑
虚幻

风很低
你用你的左手
换取我的椴树蜜
低风吹过
每一次低风吹过
浓郁得
为了虚幻

殊

微妙的殊途。微妙的陌路
能再低声一点就低一点
能再尖刻一些就尖刻一些
是的。能再敦厚一些就敦厚一些
这些极端的分子，穿破云雾
以处子之心穿破思维的屏障
直指残缺

说出来
说出泪光之盈，说出山水相连
说出路上的自我舐舐与叶梗折断的一瞬
说出黑夜与白昼之巅的上帝之月
大风之口

以马的形式以马的伤消失
这也是小事

四　月

温暖的河流
意味着　北方是草率的
意味着　北方是忠诚的
爱人摘取草莓的地方
名叫河口

名叫河口的春天
花冠的四月
意味着寂静的冷
意味着冒险的热
意味做爱的人们
意味着消失的琴
在人们的口中
可以发声吗

你可以发声吗

天平·药

——给母亲

天平

睡吧
你睡吧
那蓝色的语言
轻得就像母亲蓝色的药瓶
轻得就像蓝色天空的摇篮
含着药片
抱着你

药

睡吧
你睡吧
孩子

——"在蓝色的药上
睡吧

——在蓝色摇篮里

睡吧"

听诊器

童年是一场腮腺炎
疯长的孩子
飞过凌乱的树木

太阳总是由东而西
经过四面八方的喜讯

背面是你
紧扣的双手
海洋中消失的心愿

背面是你
被误诊的纸条

完整的星星

完整的星星啊
你冬天的枝丫
沉入雪中

划痕是生活
取之不明的喜与忧
取之不明的一些晶莹
阳光的刺

完整的星星啊
我们抵达善良的住址：
一月的原野

信

为茧　为叶

为宇宙

体内的雾

为火焰　为水

为土地　为一千根舌头

犁开　播散

一边标注一边归还

为大雨中桥的幕帘

为之外的内部世界

为之内的外部　敲击

震荡　雨

为落下　为你抱着羔羊

离开泥浆的世间

为藜芦　为细长的身影

为夜间陌生人的死亡

为生长的野蛮　意的缓慢

体的突腾　药是汁

古老的国

为写下的　为离开
签注

大雨落下的河边
准许的发生
谁给的武器
谁给的时间
而准许诗
就像一个虚假
筑一个梯子
天使会来
就像先知
准许的发生

为什么是达利

一张画。女人的两个鼻子
男人的两张脸
一个人和另一个人相对时

时间的救度　完成了
对时间里发生的救度
泯灭吧，点亮吧。神说
神一遍一遍地说

谁走向比缜密还缜密的空间
谁走向虚幻比虚弱更有效的演习

既然拥有都是向命运借来的
那么，握着彼此之手，照单全收
可当我说着：我爱啊我爱
我爱一切的正在发生的时候
一只眼睛在斜视，达利

涌上白昼

海面上　十万个刀子亮着
塌陷的　解救的

时间灰　紫葡萄们
播种　另一个时间的大地

你　用匍匐收割着站立
你　在你信徒的密道里
趴得更深
挖得更深
碾碎得更深
抛掉得更深

更深的远处啊
曾熄灭的大海
在爱我之中的
在淹没之中的
在天使之中的
涌上白昼

我身体上平铺着你的绝地

握住一块黝黑的石头
比雪还大
石头插着谁的十指
已是坚硬的花朵

走开　人群
我握着石头并在听从命令

可是水边的马呦
你是多情的
躺下，躺下来
因为我身体上平铺着你的绝地

我用哑口对应仅有的诚实

我用哑口对应仅有的诚实
我精确计算：难忘之事件发生的时间
并拿扳手将时针铆住
仅见那时，一明一灭
你是兽，我就是兽，打磨牙齿
制造人类厌食的引子
制造握手逃跑的声效

我用哑口对应仅有的诚实
天空与大地将在意念里真正接壤
关于这个真正的，描写的词语提前失去
手握花的身体
站在共同预备的阵地里
仰了脖颈，张开嘴却没有声音
听见你对应说，我疼

我用哑口对应了仅有的诚实
我终将是要去的
在轻飘飘的梦里
你再次成为抒情诗人，划着船

轻飘飘地向我对应那些失了忆的词语
船桅此时低了脖颈
预备接住入水的乌云

听见他说："看，我们来了"
我用哑口对应了仅有的诚实

我在我的心中飞过

到现在为止：
我能想起几个熟悉的面孔
比如在梦中我梦见你歌唱
你的爱人仇人
你的爱人仇人如水
你坐在我对面
石头一样的寂静
我坐在你对面
水一样地消失了

那是时间
那是白色的羊是白色的马
你的我的豹子的闪电
那是　伤了的牙齿

孩子抬头望见它：
那些最温柔的眼
仿佛完整的平镜
仿佛心中愈合的伤

你仍在裁缝的妙手暗边里
我为你缝制金丝绒的暗边
我为你藏好了宝石与汤勺
在五点的镜像里
你是雄性的忧伤

你是雄性的忧伤
你是使用过的悲悯

我在我的心中飞过
星星一样的约束星星一样的自由
星星一样的露珠星星一样的痛苦

启 示

我愿意有那么一个时刻：
花儿不再开放，鸟儿不再鸣叫
水流静止，世事即将重新开始
——万物的关系与辨识

无　辜

已经，再渡此岸，亲的人
再渡此岸，周到
再渡此岸，安喜

风景载渡
难为。时间的苦处与美妙

在那处
总有风，偶然吹

在那处，总是这样
手脚冰凉与面目炽热相挟
磁石总来自于吸引
心欢喜，近处无量
慈和平白，总有你

无主题变奏

1

但，这就是现在
人们扑向寒冷的空气
灰衣服的男孩爬上了绿玻璃的房子
跪在那里往亮处看，像颗虔诚的种子
男人穿上黑色
是一个被锻造的玻璃钢雕塑
有时候我会在脸上涂厚厚的面膜
黑暗是最黑的，最强烈的光

2

乔是个两岁的孩子，她抬头望天空
她看见亮啊天空好亮，她温柔又刺了眼的眼睛里，
　　有什么东西满天飞着
飞着的。她用小手抓住妈妈的衣襟
慢慢地走下了两层台阶。台阶排列有序
台阶是石头砌的，镶了她刚才看见的珍珠

只不过，风吹日晒，珍珠不再发亮，安静地
和每一天的天气在一起

3

它在暗处捉住我，说，这不是梦游
可是，你告诉我，我是谁
当然，这不是梦游
简单的规则：但凡招惹了什么，就要有所交代
这是潜在的形象，要求它的权利
我打发不了的。我只能在好几天以前，停下对这个
　　形象的揣摩和寻找

误 读

场地上的几团废纸
心里的不明飞行物
以无所事事的真实
望着更加巨大的天穹

这个令人类感到空虚的器具
总在正襟微笑

一贯的，庄严是个神
用它睡了醒了又睡了的生活将我们镇定
一贯的，该在哪里就在哪里

来路不明的呼唤得到了应声：
来自于疼痛的坚强

的确应该成为一本永远合上的书
埋葬无意识里的早期创伤

选择父亲的一只鞋子
母亲的一枝玫瑰

第一个男人的器官

经由第一个孩子的手眼

翻译出那个阶段最深刻的情感

下沉，词语

下沉
词语　七片遗失的唇

下沉
词语　三片阿司匹林

下沉
词语　那结晶的痛苦

下沉
词语　陌生的降落者

下沉
词语　那大雾中的吻

／ 状态

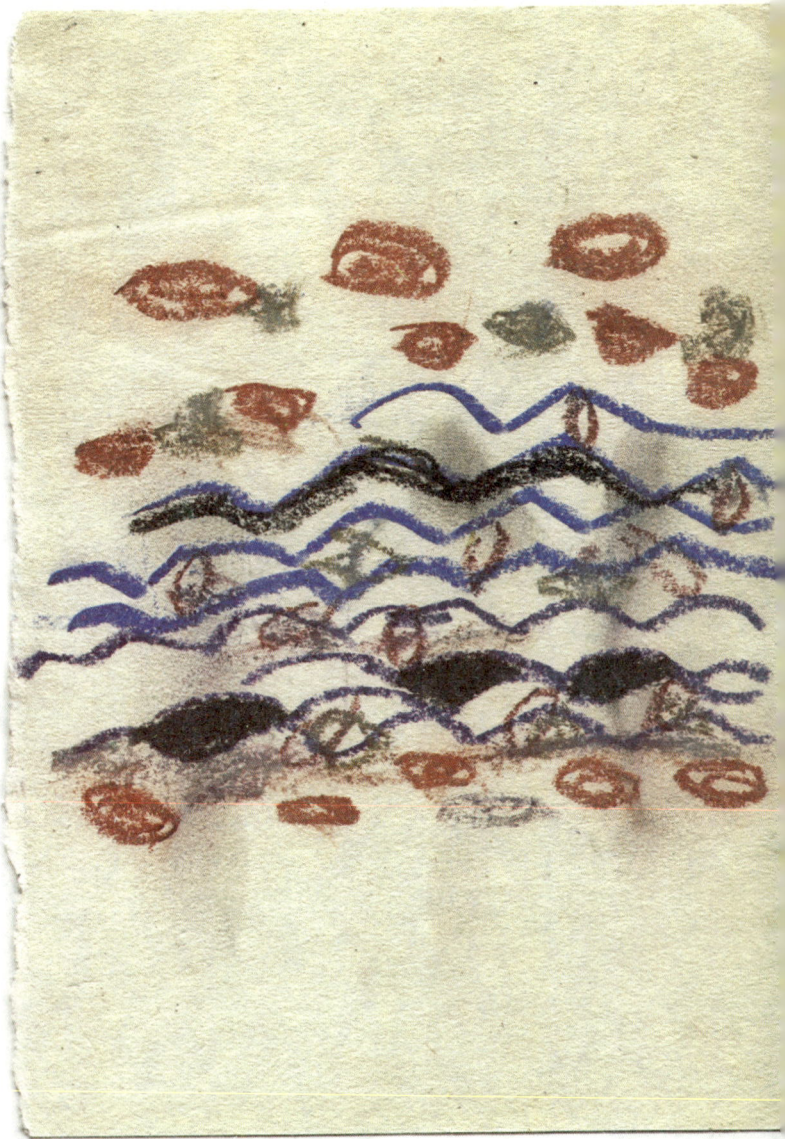

/ 变奏

/ 发生

／人

/ 桌

/ 轻与重-01

/ 轻与重-02

/ 斜线

/ 片段

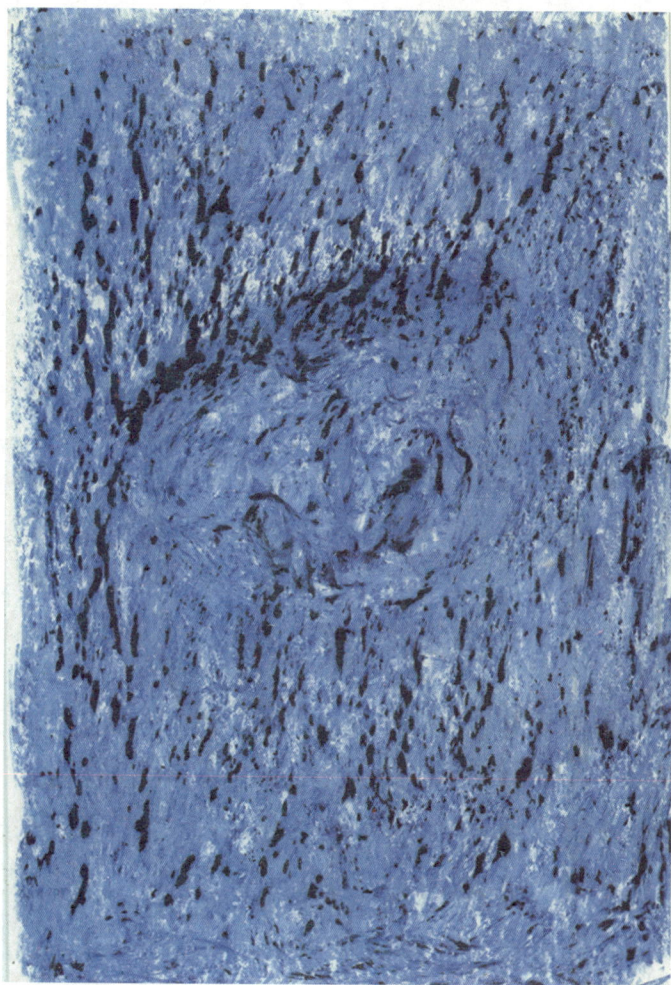

/ 蓝

/ 戴帽子围头巾的女人

/ 对话

一个幸福和一个悲伤

玛格丽特
说你是
大战士

一些时间之后
你和你的
玛格丽特
并排坐着
吃午时的光

玛格丽特　只有一个
幸福只有　一个
悲伤只有　一个

幸福悲伤地咀嚼
从你们身体掷出
湖边那山上的闪电

湖边那山上的闪电
玛格丽特的胸脯
比它还蓝

一千个小情人

又来到了这里。炙热与温凉
空气中的微物与下一缕炊烟
这里有整个夏天。整个缓慢身体

这里有一些人在
村庄最深的内在与微小
这里有一些人在
眼见热情物质与八月的一口小井
这里有一些人在
我缄口不言，看见一阵风

他看那些丰盛的光
她看那些裸露的，土地，麦地，玉米地
她看看他
他和她看着一片又一大片的热
苹果树　苹果树
站在一棵苹果树下
坚涩的小果，我的玛格丽特
你是我活着的小爱人
你是我死去的小情人

苹果树　苹果树下
在风掀起的裙摆下
你手举一颗带核的果实

心里住着一千个小情人
心里住着什么都没有
当失去了一个
当我在找什么都没有的有
当一千个自动废除
当什么都没有
一千个小情人
你们手举一颗带核的果实

艾拉，怀念

捧出些什么
褐色的山脉
浅绿的河流

思索些什么
忧郁的裂痕

凝望着什么
暗红滔滔
花园歌唱

土地的种子
裂开了神灵的时间

艾拉
用它的眼睛

用火一样的美
用火一样的泪

浇灌那颗

不灭的果实

忧伤啊　白

下一次雪
就够了
北方偏西的房子

下一百次雪
就够了
荒野
你在病中　那么白

下一千次的雪
就够了
树木　你们站在病中

下一万次的雪
就够了……

忧伤
忧伤啊　白
北方偏西的房子
广大的荒野

你是白
站起的树木　你是白

忧伤啊　白

你带着病的脚
再奔跑一次
就够了

忧伤啊　白
我站在我的病中
那雪　只落过一次

致 乔

1

风一点一点地吹过来

一点一点再吹过来

我们轻轻地，我们没有思想

我在回去的路上给她说了几个美好的词语

她长长的睫毛忽闪着

握着一颗小石头

另一只手拿着一根小小的枝丫

我们的呼吸放射成了白天的宇宙

我们循着地图回去，路径，上升

从一个中心到另一个中心

我们安全，踏实

摩挲着内心中各自的石块

那是重量

2

你回去吧，妈妈

我会找到你
你带有那种叫不出名字花儿的香味
你的耳边还有早晨我为你说的悄悄话儿
我额头的头发痒到了你
你额头的头发痒到了我
我俩吃吃地笑着

天亮了
你回去吧，妈妈
我会找到你
天黑下来的时候
我会找到你
不不不，妈妈，最好是天黑下来之前，我只要一整
　个的你

3

没有一片错误的雪
没有一片雪是错误的
就像生活过的每一个瞬间

给三岁的小女儿读我的诗
读出来
她用树枝在雪地中写：

"母亲排成一行

父亲排成一行

孩子们排成一行

任意一根羽毛

都带有根部的疼痛

如果可以

我们在一起看到这些

如果可以

我们在一起并不说话"

极细的声音

雪下到后来，也是极细极细的雪

极细极细的错误

伴随着每一个呼吸，每一个光照

在宇宙极细的黑暗中

雨水曲

1

听着雨下啊下　感觉
第一个人手拿木鱼

听着雨下啊下
感觉第二个人手拿木鱼

听着雨下啊下感觉第三个人手拿木鱼

2

木桶里的水蓄着
那只旧桶，已然知道如何盛水
水满它黑，水清它也黑
无水它也黑，天黑它黑
天亮它也黑

3

一株芳芜的花经过荒野再回到荒野
雨水浇灌的时候到了
是啊，我认得你

4

头顶上小乌云盖雪的猫
它仿佛获得了美
它仿佛经过艾略特的荒原
经过下午的雨，经过钟声的回响

在这里，在这里
"滴答滴答滴滴答答，并没有水!"

长　径

一路的长径真是无息的

如果你有悬垂而平铺进入往事的方式。如果你恳切

　　地想用宁静置换

所有的都在发亮，就像你初次看见它

它也初次看见你。你像贝壳，像刀子，像分割线

像阴影里悬而未决的一部分亮，像裂开的种子

像配备好决定进入永恒孤寂的时空

索然指引梦中绿苔铺就的长路

所见之人，全变成游民

偶尔在无光之夜，侃侃而谈

然后让大风吹散游戏

照片上的父亲

给一个父亲做心里的祈祷

这个人成了她的父亲
她理了理照片上
他那怒气冲冲的头发

他还生活着，用皱纹，用汗液，用一口气

父亲，用年轻时代的英俊
做了一匹马，好好骑它

这是一切的你

这是一切的你
镇静与砒霜

这是一切的你
成堆的慌张如同年幼

这是一切的你
静脉中呈现干涩的玫瑰

这是一切的你
使用着今天与昨天握手言和的招数：

静如绒毛的覆盖
形如满月的嘴唇

指 向

停下意喻难明的字符
事物在眼中

安静的一刻
安静的一刻指向风

风　动摇事情的风
森林　在你梦中傻绿

其间的梦，没有坏人在场

意念中的坏，是条小鱼
它割坏了时间

它割坏了我

就这样想着，又停着
如同河流又哑了
下一次，我会做一个梦
梦里有更大的水

状　态

缓慢是一种状态
有时像火一样
却燃烧得像水

宿命最终会指向
你指过的那颗星

是的
偶然
命运
嘲讽你

是的
我们像火一样
在夜的空里
在空的夜里
在大地所呈现的谎言和真相里
接吻。像水。
在大地所呈现的谎言和真相里
我们是多余的呈现

我们存着多余的吻

在大地所呈现的谎言和真相里

哦　这就是水

白　瓷

我模拟白瓷
我模拟喝水的人
连同她的身体
都用白瓷容纳

悲伤之歌

你喂我

喂我

喂饱我

你爱我

爱我

爱过我

线还在这里

在这里

我们用以偿还世界的一切身体

刀子

液体

死去事物的悬梁

是你的，是我的

天空的鸽子

那么多的眼睛

眼睛

审视的，温柔的，迷惑的

那么多的悲伤

永远的混沌而

洁白

洁白如棉线

时间

你是唯一事物

是我悲伤时强穿的珠子

是路上流水的死亡

是共鸣于我们身体的悲歌

如刀子，如液体

如你我在死去的路上

将那些穿上的珠子

落向

无人的深夜

传　导

杏仁上的小花蕾
教会黑夜中唱歌的自己
也教会
听不见发出声音的自己

间 隔

那些
扑打你的
海水的海
那洗净你的
将失去着
也得到着
盐对你的深刻模仿

白昼内层
红的叫声
不能得到
它隐藏着
音的减弱

德累斯抄本

这时　在我们之间
在我们之间的
不是回忆　不是死亡　不是现在

不，我们之间的
是回忆　是死亡　是现在
甚至是一只鸟翼
一座房子也能构成的

回忆

德累斯抄本是绿色的
每次开门我都用两秒钟寻找对的钥匙
钥匙上有两串对称的绿色飘带

回忆　现在　现在回忆
对称的感情　对称的房子
对称的黑白照片上
对称的两个人
打开钥匙的门

关了门拿好钥匙的手

关了门拿好了绿色飘带
拿好了绿色的飘带
就拿好了钥匙

发 生

当孩子用手在抚摸
一切即是呈现
一切即是自然主义

灰　烬

有些水在火焰的上空
是静默
是灰烬

就像我的生命
都试图阻止每一天
就像每一天
都过去了

是的
我还活着
这件事情总在好天气里发生

是的
我等你成为手中的灰烬
就像我耐心等我的宗教

那些多出的事物

这些庸常的词
为何不忧伤

这些密布的愁
用作声音

它们通过孩子的嘴唇
就更加准确

使用梦

名字的主塔上
哑者乞丐
流浪的

失火的下雨的
某个角落里
某颗布拉格的雪里

神祇

光明的
他是流泪的

一根干草摇着摇着
平静

安静的水面
忘了源起
那些多出的事物
就漂浮出来

猫

每穿过一个冬天

在窗前

我都多穿
一个珠子

它们纯洁
穿越黑夜
它们，命中率极高

致 多

1

你曾坐在泰国那条河的船头

脖颈上环绕着用茉莉　玉兰　蔷薇

还有白蚕花做的花环　背身向我

并不说话　船夫摇着桨

一下一下就到了岸头

你将将被风吹起的头发

将一边别到耳朵后面

你的耳郭较我的软

头发一会儿就会丝丝缕缕散到你粉红的脸颊上

脸颊上有几颗浅浅的小雀斑

我觉得很好看

你颔首的样子也好看

小孩子对世界充满爱情

2

昨晚　我透过书房的窗户看月亮

玻璃将它的重影给了我

多年前我腹中　你的微妙

3

你给我梦魇的魔术
使我身着红色的衣
坐在绿湖与合欢花的椅子上
坐在你父亲宽容的湖心
那些在梦中
我裹不紧的衣衫
你为我裹紧　然后松开

是让我在群山之上歌唱么

天亮了

天亮到从来没有天亮过
天亮到从来没有失去过什么

天亮到你变蓝
才能蓝到风里去

天又亮到从来没有失去过什么
天又亮到你从来没有看见过什么

我借用你的白昼中心

我借用你的白昼中心
把食物摆在圆形的桌上
然后关上门

（获准我们停留在原地的只有饮食
除此之外
原地等待必然要做脚的迷雾游戏
温习梦里的水井
鹿的花斑）

我借用你的黑暗边缘
抓紧正在滑落的圆钟

穿白色裤子，黑色上衣
黑色鞋子，拿一面圆钟
使黑色头发飘扬，这个动作
使梦里出现的风景
人一般地走出屋外

铜

铜早就
打好的
沉默时
铜好亮

好药好药
这游荡的
三颗杏仁
太苦　苦
是弄错的
淌出眼泪

带不走的事物
都模拟一种锈
擦进铜里
包进药里
或在水上
阴影告诉我们真理

把我们清空

垭口铜上的锈蚀

把我们清空吧

赞美诗

相同的是

我们腰际微含

夹在昼夜的药片

我们早晨赞美

我们晚上赞美

我们喝了毒药赞美

在陌生的房子中击鼓

在河流中养鱼

往水中撒盐

戴着母亲的帽子歌唱

在黑塑料般闪光的明天中

品尝饿了饱了　饱了饿了的世界

这是诚实的舌

这是可靠的女人和男人

你的手指短　你的头发长

你的情人用手摸头发

生活过啊，宛如一阵风

忧伤者的画像

用左手

表示拒绝

当　生活用右手

照料着自己

直到照应出　它的光亮

它的身后　是粮食

当粮食很暖　当它的身后　是人们

当　人们很暖　很暖

世界不生病

不生病了　结出拳头大的　果子

当果子分给孩子们吃

孩子们也不生病了

当孩子们照料着自己

直到照应出　他们的老去

盲目总能成为最好的方向

当秋天的空气已经成熟

吹　任何一个盲者的心

吹入任何一个忧伤者的心中

春之迫

1

我的手这样友善过
如今还是这样友善

明亮前后的黑暗
我也颇为赞成

在那些时候
我忘记自己存在的诡异恰恰是：
左手无名指戴着戒指
右手中指戴着戒指
我总是用右手无名指尝试
转动左手无名指的戒指
这甚至成为思考的一种习惯

有时双手击掌
有时双手合十
有时双手展开

春天一样

物的集合

春天没有真正来临一样

盛开吗

疯吗，（对，因为流逝）

（阳光很好，你需要走走吗）

而，这还不是我

再沉默

再寂静

等我一天天地消亡

再消亡

在那些时候

永远的时候

是我

2

春天也许知道：

月亮，雨量，余粮

这些词语的声音

是叠成方正

还是

揉成一团
是答案
还是
没有答案

目及四处
这疯疯的春天
像极了我进入一个地方的跌撞

而同时
它们具有某种世故般的平静
是我的藏匿之地

春天也许知道
这些词语的声音
当以某种抛物线方式上升
而后落下
落下大雨

我看月亮
读旧诗句
抚摸心头大块的存粮

3

我看见栅栏
慢慢走过的人影
就像葬礼和出生同时发生

我指向某一个象征物
成千上万的密语涌来
随机地涌上春天
谁被诵读
谁被哭泣

来自人类的点化
来自一切的静默

4

这小小的春天，小小的治疗
小小物质的挥手
嗅到心里，最佳状态：
心中几乎没有多余的物质
只有几个热爱的不明的噪点

在心中撒野：
在很多时候
多余的担忧
多余的快乐

只在格外的时候：
在我所见的空中
在摇摆的钟表里
以焕发的可以永恒的忧伤形象
呈现在
不定的无限
无限安宁中

5

尽管没有什么是人的眼睛能真正看见
以万物命名的
是人
都是人：

花，雨，雪
东，南，西，北

一切的虚无与语法给你的可靠

都在你真实的姓名中

此生，你携带药的使用说明

你是一片药
像生发的春天一样
匍卧
冒尖儿
挥舞
你的肉体

切勿宁息啊
春天

切勿宁息啊
春天
在你给你的路上

6

存在是无力的

存在是无力的

以排列的形式沉默
是世界后来想到的
息事宁人的方式

这是无力的
存在是无力的
一个一个
一簇一簇
忧伤啊
绒毛

一颗银的光亮照见在花树前面掐指算命的我

如同孩子
冲动如风中的树
推倒风　推倒人群中
唯一
一颗银的光亮

脖颈上的纹路是生命流转的辨析
所以折返光阴
用一颗银的光亮照见：
比如我看见老年的我
在花树前面掐指算命

安静

瞬间
以坐以待毙的方式
呈现光明

看那光亮
终与安静排列

然而我们还要行进，因为空荡荡

看着那光亮
终将行进
行进吧，人们
空荡荡

行进吧
因为空荡荡

7

你种下它们

种下它们
我想我是不是
渴望着星期三
渴望着罂粟和
麦子

麦子将连起星期三

这是我的平原
是我伤寒的钟声
是大片罂粟连起的

唯一时候

唯一时候
罂粟开放，麦子即熟
我梦里的玛格丽特
带着天空的颜色

一年 365 天绝不重样

带着 365 次绝不重样的伤寒

——来见我

你见到我的这次

我的粮草已空

伤寒是黑点

伤寒是黑点

你就是我茫茫的大路啊

你在我的平原

在我永远的钟里

用罂粟的声音

弯过一个又一个小黑点

8

自世界打开它自己

我从黑夜一般

浓密的树叶里

发现

其中的任意一片

我从这里打开
就从合理处打开

目光打开任意一片树叶
它的完整
为我而来
我一片一片
诊断我自己

很长时间
我学习它们
语言的谨慎和喉咙的自由

让时间　让失败驻足的
秘密在于：
对万物
心怀歉意而不能离开

我看到你的童贞

使我看见你
瞳孔，大雾的台阶
鸟类带根的羽毛
使我看见你，童贞

辨认　我的眼睛
短小草木
辨认　某一时刻
太阳的蛮夷
你全身的太阳啊，黑暗的芒刺

自从我见到你：
童贞
石头之上
温柔的先祖
与他们共同的性

疾

太阳认领了树木
那阴影　在地上
你识别了咽喉部位
语言的低声部
说　秋的海水的　一场疾苦

你到达了远处的树木
思想中黑树叶的迟

你缓慢诚实　到达在生活的手中
治疗愚笨的顽疾

你保留延后一步的自由
眼睛看向远方的迟
是　十万头野兽缓慢生长的眉心

孩 子

天空黑去　木头倔强
你在最柔软处
天空黑去　木头倔强
你安妥在母亲的气息中

砍去一截木　燃烧一截木
就此黑去吧　就此黑去吧

孩子　我看见你粉红的脸
你的母亲正在写诗
你的母亲写诚实的诗
崭新如黎明的桥

孩子　你知道吗
天空已经去了
我们都在寻找自己的黑

你的母亲取去了右耳上黑色的痣
你的母亲携带了马　粮草的辫子
如同哭泣了的你
在世界的子宫中下坠

三个变奏，房子里的三个诗人

来自 F 的倒立
倒插的瓶子，倒叙的事物
倒立的水面。之后
解开的绳索，解开的自由
解开的伤痕
在世界的一个尽头
一小群马都冲过大门
奔向嘴唇，你的伤口

来自 H 的还原
以海洋的样子
消化所有的盐
在黑暗中
在铁的骄傲之水中
颤抖之处
盐，像时间一样渗透出来
涂抹到你诗的墙壁
而门一向是空洞的
朝内又朝外

来自 C 的降临

你走进来

抓住我的手

死水微澜

与旧日合照:

双重幻影

暴雨中

不断降临着

不断降临着

铜的虚幻与力量

是风的，最终也是铜的

为什么是你
你用着风的伴奏
那些用不完的噪音
住在敲击铜的回声里
你是震荡声中
唯一的那个存在
用数字的方式
用纸条的方式
攥紧左手命运的部分

可是，每时每刻
都是松手的时候
都是放手命运的时候

是的
这是你
你是你的铜
这是你
你是你离开时候
最终的显现

你只告诉人们
你只告诉人们
你是你经过风的时候
风给你的伴奏

布拉格十四行

布拉格　你给我讯息
你广大的爱人她们面目正粉红
她们越过轻巧的台阶
犀牛越过它的坟墓

黑夜中
你越过你的珍珠
十四行字越过捷克孩子的面目

植物在不同的地方生长
生长的影子走出地平线
孩子走出他自己

布拉格的石
是你粗糙的太阳
是完整的斑点
在喘息中获得

她 们

苦杏仁吗

苦吗

她们在问我

她们都在问我

她们

咀嚼出我的苦味

问我

火焰吗

大吗

她们在问我

她们都在问我

她们

点燃我曾经被点燃的火

问我

海洋吗

深吗

过去了的

好吗

我抓住你的手指

好吗

她们在问我

她们进行着跳格子游戏

她们用粉笔画了新的时间

新的格子

也在问我

她们从不睡觉

她们沉睡在我的诗里

用每一个过去打开现在

她们身上

放着我的善良

我的诡异

我的神经质

放着我的时间

拨动每一片树叶　洗那些时间的

动作

放着我做任何事情都会产生的：

写诗而生的（只要是活着，就要写）

像快乐一样的悲伤

并且悉心

转换成她们身上被我掠夺并爱上的每一个词根

（艾拉　玛格丽特　托娜塔

这些神在诗里给我的名字

我从她们身上找到我的同性联结

我的另几具身体和生命之水）

隐　疾

事物被显现
流浪者继续流浪
沉睡者继续沉睡
心灵继续投射阴影
在阴影中继续发现

而你的纯洁中
是我们出现了吗
是精神之境以梦的房屋出现了吗
它飘扬　它鼓动
它给路一个权利
走进了睡眠

晚　安

这个时候
屈身吧　人们
都是瘦削的人们
除了屈身
没有话语

在这鹰的村庄
应该有一个最为安详的孩子
住在光明的匣子

屈身吧　人们
跪在这四月的顶端
麦芒的光

有多少只洁白的羊
就有多少颗亲爱的头颅

是我，最终看到了你
这个手捧麦穗的女人
这天边的月亮

让我不止泪水

光明的母亲
囚禁我们吧
在你那光明的匣子
一个自由和答案

这时候
你听
大地的一群私生子
轻轻喘息

写下是为了什么

写下一个词语

写下一个夜晚

写下一个认出我的人

写下悲伤

是为了渴望更大的悲伤

写下那个认出我的人

写下你走向我

写下我空核的痛苦

写下我们新的空核

写下一个哭泣

我想我爱你　是悲剧的

是阿波罗的

是神子

相望着

我不爱你

不，"我爱你"

"天桥"

你说——

当我走在天桥上

我想起了：乳房
这个词语　而非情欲
"而非你不爱我"
——我说

你爱我
一个劲地爱我
击鼓的
会再击鼓

为了爱　为了不爱　为了死去
而非活着
写下是为了不能之爱
阿波罗　阿波罗
写下我夜晚的阿波罗
为了渴望我　更快老去
为了你持续不断地爱我
不，为了你持续不断爱我的时候：
抛弃我

认出我的人
我写下是为了什么

是这些，也不是这些

是一个村庄的全体
是欢庆还是祭奠
谁开始说
这是属于一只鸟的时间

请原谅　我们尚且无知
请原谅　我们是自己的孩子
多少次亲吻自己
那些挥舞的手臂
我们已经死去多少次
这五月的村庄哦　那过路的母亲
我却将你想起
你在和什么人
一起流泪

我是你盲了眼的孩子　走得趔趄
关于前方　我所知道的
在不知道的地方

村庄的全体

将一颗头颅洗净

信仰的麦子和这刚刚死亡的

一起晒

五月　大口喘息

为这有预谋的行为

是为了欢庆

还是为了祭奠

会有人举起镰刀

用力收割

我啊

那些纯洁的泪水

是这些　也不是这些

蓝

我哭了
云朵没有
那坐在水面的蓝
神灵的眼
远方的远

你哭了
天空没有
那条叫什么名字的河边
有一棵叫什么名字的树
是什么样的神
去了远方

流

即将。流而过。焰火和树
即将　流　而过

要紧的是
你是一个口吃患者
火焰和树

要紧的是
你喃喃自语
你阴晴不定

要紧的是
你照看繁花盛开
你照看骨肉相亲

要紧的是
你将世界父亲
当成了一个口吃患者

雨流花园

你即将埋葬口吃的双唇

雨流花园
爱人喊你名

雨流花园
世界即将
埋葬它口吃的孩子

即将流而过

焰火和树
爱人无常

木头里的月亮

1

天光穿白衣
你也穿白衣

瞎眼的
日日夜夜瞎眼

敌人在身边
敌人不在身边

2

听
一场分娩
木头里的月亮
在水里
喊着谁
你注定与它一样

沉默在你的雪中

3

天光穿白衣
你也穿白衣
你注定与它一样
缓入隐蔽的光阴

4

听
一个分娩
木头里的月亮
在最热的酒里
喊疼了你

木头里的月亮
喊着喊着
喊着喊着
你冷了

5

我喊着你

妹妹　喊着你
喊着喊着
你不在了

天光穿白衣
你也穿白衣
月亮凉了
哗哗地就凉了

6

身体里的妹妹哦
我身体里的木头与月亮

木棍敲月亮
哗哗就凉了

妹妹　我身体里的妹妹
我身体里的木头与月亮
都穿白衣
都是你
都不是你

7

天光穿白衣

都是你　都不是你

请你等我　木头敲着月亮

哗哗哗哗

就哭了

七　夕

没有情人的是雨水和你
雨水被黑夜斩断
你连夜赶来
天上的半个月亮

没有情人的是雨水和你
你不该
吻湿　雨水的半个身子

给灵芝或其他

月亮上山　你下山
你抱着我的肉这么热

1

我出生了
我的妈妈也出生了
我出生了　我的爸爸
养羊打奶

那个地方名叫灵芝

二月水是个热缸子
羊的奶水
多着呢

骨头上长出肉
二月的麦田　那么冷
二月的麦田　你抱着我的肉
那么热

2

它们显得多么烫手
它们映着你病妈妈的脸
妈妈　你是你的药缸子
你医着自己
那年的月亮　半白儿
不正明晃晃地在你的饭缸子里吗

妈妈　那年你出生了
妈妈　那年你的妈妈病了
你的爸爸去找月亮和粮食
粮食呜呼　粮食呜呼
看那月亮在你的饭碗
父亲就在你饭碗的清水里
明晃晃明晃晃的
带着镰刀和赞美
饿死了

3

你抱着我的肉
那么热

月亮上山。你下山

你们抱着我的肉
这么热

爱情转向科学变奏曲

1

若执意
若予你骨刺
我若是一种投射或一种照耀
（此时，我坐在椅子上）

2

是，颠覆
或
你（回来）？

3

世间最深的淡漠
莫过于你喝你的水
我用我的杯
白瓷的，玻璃的

莫过于完整的，碎的
什么都发生了，什么都没有发生
关于遗忘和失去
我一直寻找相似的黑衣人

4

我想了想
也许，不是黑
时间上，我将爱情转向科学
我最爱这种静悄悄

/ 启示

/ 艾拉 的果实　2008 油画

/ 艾拉 2008 油画

／ 瞳

/ 与乔-2

/ 以马的形式

/ 房子里的-1

/ 房子里的-2

／ 画像

/ 殊

/ 房子里的-3

半　径

她拥有正常人对她的爱

她也拥有正常的爱

她四肢健全，眉目如画，感谢上帝

她描述生命，此时生命躺在她的修辞手段里

她描述失落，此时失落在新买的粗陶水湿器里滴水，
　　对，滴水

她描述过去的爱情

是否愿意爱情是精确、有效的意象

伴随着一掠而过的念头

或者某个标配的一瞥

于是，她决定描述正在的发生

桌上的东西对她说话，怒放

新的和谐新的冲突

最后，摸索着的一切大脑活动是一个迷阵，后来烧
　　成了灰烬，隐藏在脑海里

成为今昔信息的核对处，沿着它的半径，存有一点
　　悄悄可能的透露

备忘录

A

那个短腿的悬在椅子上的女人暂时离开了，我的面前恢复了平静与我长久以来认识的奇特感。那些嘈杂里面有大头皮鞋走在水泥地上的声音，那些声音，耳朵中慢慢消失的物，于意识里戛然而止，这是意见。鼓起一个疲惫的耳膜，继续薄，再薄。

B

需要时，将影骸照耀在那个曾经的绘画者的身上，生命的，也是死亡的，但愿我没有曲解这种意思。他在一所房子前，走着他自己的路。他的面前有一棵树。我们的眼睛有时范围不大，看上去，我们似乎看到了想看的部分。然而，不是。没有通过眼睛呈现出的，是那种影骸。

C

　　做的一切，是为了找到与未知最贴近的事物。身边的一切，是神给的光、爱人、情人、孩子。放在大水中、石头上、沙砾中。人们，仇人们，发出和煦昏黄的光。疲倦的时候，另一只手也落入昏黄。我充满了爱意，仿佛具备了一个老身体。仿佛我欢喜地看了白昼，就要看见其他。

启　事

今夜
我是你的端庄
蔽于一条河的毒辣

一边说话
一边喝着清晨的黑牛奶

手表打烊　小麦丰收
今夜
我是你的端庄
蒙蔽于一条河的毒辣

千万颗，愁苦的儿子

知道
在月季的裂痕中　那声音

那千千万万的事情
引你走向

知道
四处皆然　四处皆然

你的五官　时间使用过的器皿
在水中翻动

心灵　一枚子宫

星空中，黑暗是葵的，葵是半个阴影

大地……千万颗，愁苦的儿子

清　算

很多年很多年我甩掉了很多东西
比如衍生在我身体的那些枝丫

我终于能像一张寻人启事
活着

除了春夏秋冬
除了没有骨头没有肉的
除了虚妄
最后　我伸出十个手指
问
命运　命运你到底还要清算什么

手捧一个玛格丽特

你是大马士革
亲过玛格丽特的裙子

手捧一个玛格丽特
静静的别动
世界击掌
水里撒盐

世界击掌　　水里撒盐
为你捧上一个玛格丽特

我那最后一条牢靠的好命

谁在追赶着你啊
我那一条好命
我那一条好命
你如此爱我
我就要赶上你了

你如此爱我
我就要赶上你
我就要停下了

你，最后的一个女儿
坐在二月的染缸里
静悄悄坐着，坐着
织补衣裳
问候身体的鱼类

洁白的草啊　就要扑倒
你啊　最后一个女儿
降临在这里
聪慧　水

有时问问
世上的苦

洁白的草
全部在你那里醒来：
尖尖，命尖尖上

愚蠢的水啊　全部在你那里醒来：
地上的尖尖们！

我那最后一条牢靠的好命
就在这里
我就要赶上你了
我停下来了

我如此爱你
就要赶上你了
我停下了

看。看。我那最后一条牢靠的好命
看。看
世上的苦。将落不落

无题十行

1

曾经　走在一个地方
打磨着野兽的牙齿

2

当出生之地被吞噬
那肿胀的村庄　冰凉的乳房……
记忆哦　你
是一场醒后的葬礼

3

土地却有一个王
一味在感谢
以致胸口疼痛

五月的皮毛

是风　能够
一直吹着

是人
总会字迹工整地写上什么
夜里的双脚
和那棵开着花的树　一并黑着

忧伤和痛苦在夜里升起
欢呼起
一个人的祭奠

总有个地方名叫故乡
婴儿的
十个手指
抓住什么
当乳房有所朝向的时候
时间和大地
一并洁白繁荣

眼睛看起来是亮的
人义无反顾地走向
自己对自己的
暗算之地

是风　能够一直一直吹
谁在
撑开黑色的伞

这活在他方的暗算
终将把
五月的皮毛　悬挂

写给十月

太阳　你不是圆的
你是痛苦的脐带
绕过六圈的
是圆的
是你的　幸福

——是你的仇家
手托圆脸的植物
野生的籽

响当当的
一颗一颗

太阳　你不是圆的
你是安然的脐带
是利草和静水
是突起的烧着的罂粟
齐齐的　沉默
这里没有人在

可是　路哦
是你
是我美丽的哥哥

天边雨水响当当的十月
我美丽的哥哥就要出生

最忍耐最礼貌的都怀有十月
痛苦的安然的我够不到忧伤

悬　念

1

点灯的人
自言自语
寻找那年　那月　那些听说过的

风的两个密探
在山谷里把纸条交换

谁衰老在灯芯里
打瞌睡
所有的手指
如此冰冷
感觉　想要否定自己　向取暖靠近

2

大地　拥有最干净的声音
阳光和煦

偶尔有风吹过

生命被埋葬　从而释放出另外的

认识的人发出哭声

不认识的人走在那条银色的路上

繁荣洁白的时间

3

几个影子

还在捕风

生平故事怎样去写

弱小的回忆　强大的章节

这拼凑的　泪光充盈

有些化作了灯火

有些化作了荒芜

风把油灯吹灭

这不能篡改的事实

一个太大的想法

在这里　不觉流泪

夜晚的遗嘱

我过去的肉体
用骨头和骨头打磨

用遗嘱写成我们的肉
在黑夜挽留我们

有血的　你们在吗

1

有血的　你们在吗
手握一张小脸
春天
就要花开

看无辜的
两朵儿白
够不到的天
够不到的地

2

有血的　你们在吗
你够不到我心里
我够不到你心里
花儿们
眼泪贫穷

最昂贵的白雪一片

3

女人攒水
断喉歌唱
一把一把
放盐

4

我出现了　你出现了
是时候　不是时候

女人攒水
断喉歌唱
一把一把
放盐

5

我出现了　你出现了
是时候　不是时候

在清晨的蜂蜜中

清晨的蜂蜜中

遇见古老声音的线

清晨的蜂蜜中

你手举黑色的树枝

在身体尖锐的树木中沉默吧

在身体尖锐的树木中呐喊吧

在身体尖锐的树木中制造出你的种族

平原与沟壑之间

是马匹　是马鬃

是马在世界上千千万万的眼睛

在青春和荒原中交出语焉不详的历史

暂　停

几点　几点了
你在问　他在问　在的人在问
时间失去了什么
点头　有应声

现实的意义里
杯子　昨天的咖啡
还有一点白色葡萄酒
这个时候我有一点哆嗦
放了很大的音乐

有人拥抱　有人行走
有人遇见　有人正在哭泣
城市的广场上
一个有代表的手势或者其他
还有一群鸽子
一些尘埃　不明不白的人的鞋子
有人在这里吗　有人在这吗
在稀薄的空气
在无法寻找的物体里

在宇宙的一个信息里
在铅笔盒里的纸条
在十指冰凉　在你的发抖里
孩子样式的神秘感

我弄不清了　真的弄不清了
关掉自己　可以吗
我的爸爸和妈妈终将去一个遥远的地方
我会想念他们的
这是我可以想到的
我的孩子也会搂着我的肩膀　轻轻对我讲话

我抓住了一点东西
欣喜和恐惧同时来临
城市的广场　鸽子全无
手势有了密码
随后又失去了特殊的含义
谁在走过　然后抓住了一个

暂停很久

所有的人都在这里
我握着证词就在一个门外

呵，我只是我

是一个和一群
赠予阴影的人
奔向石头和通道的夹缝

一张纸一条路
有着共同的宽阔

就是这一只鸟
出生时候的证明
两只翅膀
说明我的无辜

诞生死亡
222 个
春天的肉身

我坐在暗地
抚摸着自己的替身
她生出很多的胳膊

这么长的时间
我，只是我

她们的身体，长出车轮

她们用她们的乳房敲击

整个的你

你是大黑夜里能数到的水

暴烈的忧伤的就像她们名字里的每一个发音

沉默的跳格子游戏

游戏完毕她们悬垂着驶向她们的方向

她们长出车轮

她们并不挥舞她们的翅膀

水是不能被扇动而飞翔的

她们的自我鼓舞来自她们

铁一样大的痛苦与拯救

重而快地驶向

（你重而快地驶向你铁一样大的痛苦与拯救

她们的头发轻轻扬起）

她们的车轮重而快

旋转的光带着你窗外的树叶

乳房即使穿了衣服也像没穿

眼泪即使流出也像没有流出

吸收了暗　你就是更大的光
她们的头发像光芒一样
轻轻扬起着
骄傲的母语

有纯净物押韵着的
铁化成水，化成水
大黑夜里能数到的水
她们的身体，她们的身体：
长出梦一样大了
又缩小着的车轮

时间之痕，你是星星飞越的河

时间之痕
你是星星飞越的河
你带着过去的刺
从背后扑上来

此时的雨

此时的雨　它所说明的
是秋的斧头
它带着行人的脚步
行人走在悬浮的雨中
如同行在路上

此时的语言
它兑换了
以上的发生
一把把斧头行在路上

它在放声唱

此时。它在放声唱
时间加快了童年式忧伤的步子
世界。又剩下了最后一层茸毛
一只手剥去
一只手抚摸

我在两个世界
在两只手的把触和消融中接受时间

意识停滞于此，我消失于他者他物
它是一只兔子

一只发假声的兔子
如同我的沉默。我的假寐

第十八朵肥胖的玫瑰

我还存放着第十八朵肥胖的玫瑰
之前与之后的
已经回到了它们各自的地方
只有启用这个消瘦的回忆
才能看见曾经膨胀的身体
将一贯的现实撑满

晨曦的表情温和
使这一天比前一天更加凉快些

你看到。未经允许，一朵花死了
你也在问。要经过怎样的许诺
才能降落在陌生的露水中

对　话

下了决心默念一遍
我是一个幸福的人
多出这一个语句的时候
穿蓝色毛衣的女人在镜子里将我亲吻

是啊
在这里对话的
无非是虚无的幸福
和无忧无虑的花朵

天空在十月
旺盛开着
幸福　可怕的幸福
不要将我亲吻
我什么都没有

弗里达的云

弗里达　弗里达　你
苦难的弗里达
呼唤三声就会，呼吸三次

弗里达　你眉心的弗里达
呼唤两次，黑夜
就会盛开两次

弗里达　你
呼唤一次，花朵
就会折下你一次

弗里达
鸟已拆散它的羽毛

弗里达
红色披肩小了
双脚小了

小露珠　你在花冠的雪中

你在眉心的鹿中
红色披肩
你在弗里达的树枝上
树枝站在弗里达的云上

注：弗里达，墨西哥女画家。

黑　点

总有遗失的风
通过时间的盲点
通过病人的失语
抽去世界的红

抽去红啊
你到达此处

到达水　你就到达了比它还大的
你就到达了血　到达了母亲
到达了胚胎中怒放的黑点

你到达此处
你在上帝手中麦芽糖发育的苦涩中心上
你在一个无限正确的清晨与它的风上

荒　原

搜取的人啊
搜取了你的头发　乳房　泪水
这痛苦　这喜讯

时间带来冰雪、火焰，带领你男人女人的青春
荒原或荒原之上的
是此刻生成的疑问

如　同

1

如同那个婴儿
如同你柔软无辜的唇舌
如同美的水草
那个赤热的太阳
或许正在如同你
被美人吞咽

2

如同你被定位为一个旁观者
看一些镀上光环的和卸下金边的
带给你的稀奇

如同对于他人吞咽的动作
你感到一样的饥渴：
时常伸出手来说一句话

3

如同用最柔软无辜的唇舌
将最好的水草献给赤热的太阳：
如同距离短还有长
距离缠绕还有火热

4

如同这些　那些　都是野蛮失去
这些　不足以写成一首痛苦的诗
那些　不足以写出一首快乐的诗
水草倒长　扑向你　确认你
如同：以为成就了——
某一种　忧伤的鲜明

我们涤取了清澈的时候

凉快的泉涌

阴郁中的山

风险般的景

冬天的岸边

春天的川田

空悬的梦

蒙西或高墩营

1

你看到了吗
它们顺着河流
它们顺着人生
遮住自我的羞

2

蒙西　你看到了吗
它们是坚持不动的水
只承载时间的流淌
固然　我们一身的罪
一身的善

3

蒙西　蒙西　你看到了吗
我们满口的哑与诚实

你看到了吗

天边雨水，齐耳之火

正以它的坚忍不拔临视着我们

然而　一个身体就是一个世界

高墩营　你有几个身体？几十个身体？

高墩营　你有几百个身体？

几千个身体？

你有几万个几十万个身体？

4

不　都不是

你是蒙西！

一个身体和一朵鲜花在鸣叫

你有无量的土

撒向同与异

你踏实站着

影子悬在天上

你被获准用一种神的方式

铺平来自火光深处的盛宴

你未黑

你蓝　比蓝更蓝

你蓝　蓝过了火光

你就是红

5

蒙西

是翅膀

是人类的同族

蒙西生有双目

蒙西睁了眼睛看我们

是的　高墩营

你是蓝　蓝过了火光

你甚至是时间

是时间胸脯上的

两颗乳房

一夜醒来　干瘪

或一夜醒来　乳汁

6

蒙西啊　蒙西

时间走了

越走越远

蒙西啊　蒙西

你就是一个身体和一把真相

你在大雾中坐

你在大雾中坐
十月写信的人
你望你的情人
你望你路上的石头

你喝悬崖上的热牛奶
黑色花　你的皮肤　禁药的颜色
忠实将是一把崭新的刀
用含在身体的水
怀抱这世上的背面

你在大雾中坐
望十一月的河
望无火的大火
望人类的世界
你将吸满液体吸满水
将旧情人吸满过的你
归还给一个落座

秘　密

1

世上水泥的楼房旧了，外表也变肮脏了
人总是，也有些多

2

站在一个老妇人旁。看她缓缓
给食指沾上唾液
在粗布衣服上压出一个边
指甲盖发黄
炭火正旺
一个破旧的白瓷缸子在火炉上
蓝边的洋瓷缸子
上面平白盛开一朵花的暗红
缸子装满水，瓷缸子燎得直响
冒起小水泡
老妇人掂起它，顺着衣服边猛压过去。老房子充满
　　吱吱呀呀的热情叫喊

火焰

水

北风或者小寒

这些味道天知道，有多好

3

很多次，我都在庞大的百货卖场寻找一把我要的木
　头汤匙

愿望每一天

能伸出舌头打磨它的表面

在百货卖场寻找不会有的东西

这是我的偏执。忧伤的安心

听见。诗人用语言触及物体

碗，椅，糙石巨柱或大海

它们逐一泄露自己的秘密

4

老妇人取下假牙

颤巍巍地刷洗着，水流细细

一点一点冲去牙齿上面的食物渣沫与陈腐气息

我们：诵念我们腐朽的肉体

灵魂见鬼

鬼见神

神示人

关上细细水流，让"古典"这个美人，为我们安上
　　大门牙

让我们笑着诵念：

"最古老的秘密

它们并不举头

眺望天际"

天边雨水　齐耳的火

1

赦免一种连甜都忍不住的蜜。赦免提起它的人赦免
　　鲜花的罐子和手
赦免我的小羊，使它重新走在这条幽径上
并为不能抑制的凉快颤抖
哦，颤抖

2

另半处：你的突腾，齐耳的火，能连起叫不出名字
　　的时间
——连不起门前的一截横木
总在喜悦，总在哭泣，总在喊出木头的名

3

有来自未然处的使命
半草，无宁日，总在听向你

听向你的请求：

给一场天边的雨水，齐耳的火

纯粹的间隔

1

时间多过我的那一秒，仅仅是一掬水的渴
七月，突然就美了，突然老了，突然丰盈了
突然就是我了

2

迎向什么。至少还能
看见窗外的每一场雪
重新听信，晶莹易碎的宝贵

3

莲花。在最好的时候开着，每时都开着
你命令自己看到：惟有，惟无

4

现在也是。有柴木有炭火
黎明的暗地的绝处的光
不重样

5

我是陈旧的物在宝盒里
促使我跳出来说话的只是：时间的妙处

6

姿态的木偶，静悄悄
姿态的木偶，接受的旋转
生动与眉色，是不懂的一面

7

是乳汁又找到我们了
是一件温柔绕指令，是一件不会过期的液体
重新写进我们的身体

8

无论是什么，到了后来，就只有哑然失笑
失笑的形态细如一株观音草，大如一朵盛开花
也有不得不实施不得不放肆的强硕质感，如同欣喜
　　与悲伤齐头并进

9

语言的间接性迟缓是一种病痛，恰如其分表达了世
　　界的失语状态

10

时代在，荒唐就在
我们含糊其词的口中发出斩钉截铁的声音
我们斩钉截铁的声音来自我们含糊其辞的口中
——约摸，神已经看出

11

倒着看那些野蛮生长
你说，那些意味着失去，那些意味着这些

现在，我感到那些丰盛叹息的爪牙

你意味着我

12

我们看上去纯洁而明亮，那么的不期眷顾

而眷顾

这温热的神，如同他们宽展色深的大手在明处在
　暗处

在天使处，在道理与痛苦享乐处抚慰

13

确定源源长久的是暗流，更是明河

这之间包含着另一种造与遇

14

我们放掉了太多的自己，剩下的，依然是对自己奋
　不顾身的搭救

日子又要多情地骚动了，开始计划把自己活成一片
　海洋或者一座孤岛

或者都不要

就要一个热情的人民广场

15

活在清醒中，薄荷就是它的炭火

16

只不过是湿雾始终笼罩着去往河内的路与时间。是
　　时候了
追赶吧
这里满是屋子，满窗的帷幔遮住时间的乳房
天地大好，无以哺喂

17

插满旗子的阁屋，发着水光的野地，在香气里消失
　　不见

18

有时，兰州暗下来
假花浓郁，比想象更加诡异

19

你注定与它一样，沉默在你的雪中
你注定与它一样，缓入隐蔽的光阴

20

一个精瘦的国家
它的岛屿，它的鲜花与屈辱，都是沉到底的光在海
　　鸟的羽毛里越来越蓝

21

晾洗的衣衫在阁楼上飘荡。失了魂的芍药大朵大朵
　　推搡着挤入人间

22

如果你看不见我
你就看不到除你之外的
仅有的一个

23

醒来。赞颂美好。醒来的人被赋予轮番进入物体的
　自由
进入一颗心脏，进入一页图画，进入一句呓语
进入它物的轮回与造化
乐所向，平白做梦

24

我们此时在黑暗里有所指向，心向阳
彼时，换取尊严。没有代价，不重温任何发生
每天，生存，生活着，如同流水的自在与高山的
　阴谋
危险的永远是你，得以安静的也终将是你
最后，会对着自己打开自己。无须旁人

25

世界，从这里获得了迟钝与智慧。时间从不
我赤目，赤足，那些水在回忆里延伸
迟缓的白，迟缓的色，迟缓的银
即使发出六点的光，也不能推脱我离去

时间说，它不
我说，是的，我也不

26

用软线条画出女人。这个女人活在你的身体里，说
　好了的
要你藏好她在这个世界。再往里走，或者冷
或者，很静
或者，接受来自火焰和光的问候

27

秘密它不知道我们的存在，我们借此也假装它未曾
　有过，甚至将它当成了某一种遗失
因此，我们可以秘密地活着

附录

大海的恍惚性

——水印的诗画世界

苏　明

爱是根本。性，不过是偶然。

——佩索阿

写诗比行爱，更富有更慷慨。

——苏兹科维尔

　　把诗和画分开读，或者分别来谈论，对水印来说，都是野蛮的。追溯诗与画的源头并区别它们，是一件连古希腊大神赫尔墨斯都很反感的事。作为宙斯和迈亚的儿子，赫公掌管奥林波斯神们的信使工作，是道路和边界之神、睡眠和梦之神，是死者的向导、旅行家和牧人的保护神。尽管他独具上述宽泛业务，却也无法僭越自身缺憾。当赫尔墨斯欲要施灵一个当代女性诗人画家的作品，并试图以某种巴洛克氏风格弥漫她时，水印遽降了。水印，是海神波塞冬与其合法之妻安菲特里忒的正宗后裔。这样一来，有关诗画缪斯之女水印的史前族谱业已言明。此类隐秘的事情只能在有海的梦中才能显身，且须是捕梦者方可见到。在物质泛滥、机械复制时代，捕梦者不会轻易降临。是故，有关水印的这些原始丰饶着的秘密，务必当作仅需被翻译的外语来对待。

水印的语言，正是一种外语：诗与画合拍之音——同一本质符号的不同体式，和她的阅读，连并起来，构成她的创作过程的共谋。传说诗人是一种超验和一个人类在某个个人身上的统合体，前者逐渐接管后者。这接管的感觉，造就了音质；这接管的实现，则造就了命运。水印的音质，就是她祖上作为海神的音质。水印的命运，则是海神管理着的作为一个汉语人类的个体的命运。可惜，汉语这边，是没有海的。则这个音质和命运，使特殊的水印作品具有自萨福以降之后难得的沉默品质。此种品质的反映方式则是突然的。这跟汉语作为她的背景有关。读水印作品的人，若无这个突然的准备，恐怕很难理解其中奥妙。这是由于水印的写诗和写画，都是那个赫尔墨斯神的突然光顾。从某种具体的现实境遇来说，水印的物质生活是在古希腊诸神混战时期就早已分配好的。哪有一个神会愿意让自己的后裔过着被魔鬼侵占的生活？这就是水印无心在当今诗坛和画坛争名逐利的缘由。阅读水印，无需将她放在某个具体的诗歌史和绘画史中去对比，更无需将她放在某个具体的地方域和国别界中去分析。她就是个例外：一种语言的意外。这不正是艺术的秘密和本质？

艺术是一种移植的自然。看到水印作品后，我更愿意承认这个观感的绵延性和内驱力。水印作品的突然性在于，她的想象力的形状是一个海宫。海面是门，是镜子。这样说，她只不过是把她的海宫意志控制和移植到具体的诗画中。控制使她常常不在状态，移植使她把物的丰富性和密度性传递给形式（诗句和颜料）。这里要强调，水印的物，是非物，是类似于"象"那样的事情。同时她自己就是那个"象里和象外"的制造者和媒介体——

> 水印的物，就是水母繁生之水，乳状之眸。
>
> 水印的物，又是悬空之水，是断裂之光。
>
> 水印的物，又是巢穴之水，是聚集之金。
>
> 水印的物，就是水母繁生之水，盐质之体。

我此刻回顾性地屏住呼吸，将大海想象了一番：介质是水印的诗集《涌上白昼》。此集诗画合体，是深邃的概念之书。亦即，在汉语语境中，长出个海来，是很遭世俗和世人忌讳的。一种状况是无海的汉语语境要空穴来风掩盖水印，另一种状况是水印对各种来风无所顾及并甚感他们不知所云。我试图通过展现某种水的秘密性向水诗学的过渡，完成对水的不可磨灭的印记的建基。水是世上的一种器官，是流动现象的食粮，是生长的本源，是泪的躯体，是精液的燃烧……这些物象在水印之诗和水印之画中，均有隐喻和表征。

水印作品的另一个主题是静谧的死亡象征，这也是老赫尔墨斯的做工，但被水印拒斥。以上说到"控制使她常常不在状态"，主要是基于她对这种神秘来源的抗拒。控制是以她自己为主体的。她不愿意被一只劳作的、专断的大手——就像令人爱慕又无法从命的肉体——悬置起现实兴奋感。这时候的水印是凌乱的，是睡眠的，是一种谩歌状态。则她要揉捏这种深度无意识：毛坯是作品的雏形，黏泥是青铜器之母。是故，这些被她拒绝的部分作品，变成了艺术的死亡缩印。当我们面对她自行摆置的错位秩序时，一种大海的死亡和咆哮情绪陡然而上。这回带给读者的却是愤怒。换言之，大海很容易接受愤怒这种心理的各种特征。水印作品拒绝老赫尔墨斯的部分和被读者不愿意理睬的部分构成的阴影，才是我观照的对象。

在这个由水印和老赫尔墨斯构成的间隙中，生长着诸多和水印一样的女人。比如美国女诗人赫斯菲尔德："我们的生命里有许多，我们全然不知地开口。穿过它们，那悬着铃铛的兽群随意而行，长腿，饥渴，覆着异域的尘土。"比如美国女诗人伊丽莎白·毕肖普："仿佛水是一场嬗变的火，吞噬石头，燃起深灰色火焰。若你品尝，它起先会是苦的，接着是海水的咸味，接着必将灼烧舌头。就像我们想象中知识的样子：幽暗、咸涩、澄明、移涌，纯然自由，从世界凛冽坚硬的口中汲出，永远源自岩石乳房，流淌着汲取着，因为我们的知识基于历史，它便永远流动，转瞬即逝。"比如美国女诗人玛丽·奥利弗："我想，这是一个绝美的世界——只要你不介意，一些垂死之物，在你整个生命中，怎么可能一天都不曾感受到它幸福的光芒……我无法跳出我沉思的身体，如果我的生命依赖于它，他重新盘旋在明亮的海上，去做相同的事，做得非常完美。"让我们来记住水印如何对待这个"长腿，饥渴，覆着异域的尘土"，这个"永远源自岩石乳房，流淌着汲取着的""重新盘旋的明亮的海"：

> 海面上　十万个刀子亮着
> 塌陷的　解救的
>
> 时间灰　紫葡萄们
> 播种　另一个时间的大地
>
> 你　用匍匐收割着站立
> 你　在你信徒的密道里
> 趴得更深
> 挖得更深
> 碾碎得更深
> 抛掉得更深
>
> 更深的远处啊
> 曾熄灭的大海
> 在爱我之中的

在淹没之中的

在天使之中的

涌上白昼

————《涌上白昼》

海面上播种另一个时间的大地，这是水印之画的全部奥秘，也是水印之诗的立体核心。这是一个人类雨夜的总象征，是一种倾倒，是消耗性力量、摧毁性力量、建筑性力量的集体出动，是整体性和完整性大海的总写：时间。唯有时间！时间是一切秘密的本质，也是大海的本质。经此之诗之画，水印坦然了那个更广更深更远的神性的降临：诞生之刻已开始死亡（坟墓），死亡之后再次重生（子宫）。只不过，涌上白昼是反轮回的——为人所无法逃离的这个永在的生命状态——语言与大海，涌向他们共同的母亲：时间。

2017.11.14 改定

北京，朝阳

苏明，诗人，批评家，青年学者。

水印的神话学

西　棣

　　认识水印很多年了，也读过一些她的文字。从个人的直觉上我喜爱她的小画胜过于她的文字，因为我以为她的画更符合她的性格和才情。人一定是借助介质、手段以及各种形式及其符号系统，实现私人语言，更准确地说是私人的思想。人选择生活和言说方式，正是挑战自己的方式，每一次都是要在巅峰之上认识自己，认识神，到达至高的创造者。这个过程是我理解的一个艺术家对自己写作的一次先锋性实验，我从私下里也是这么理解水印的艺术生活的。

　　从她的文字生活来看，她是俯伏在上帝脚下的门徒，完全不是因为知识或者学问的缘故，而是那种对命运和世界的深刻洞察和直觉，作为有限的创造者对全能创造者的敬畏，所以她的写作与其说是出于诗意的栖居，毋宁说是她的率真。她的文字展示了她内心最自然的原野，连同风、花朵、野草以及溪流都呈现出命定，绝不是神学意义的追问，而是直接无须哲学追问的直抵她认定的信义中心——在那里不是本体意义的，而是直接的圣徒的眼泪，这是她诗歌写作的奇点，也是创造和流溢的极点。之所以如此讲，是因为她是一个未被知识格式化，至少格式化不成功的人，所以很好地保全了她头脑和心灵中最原始的丰饶，这是我最看重的诗歌得以涌流的源泉。

她在《启示》中说：

> 我愿意有那么一个时刻
> 花儿不再开放
> 鸟儿不再鸣叫
> 水流静止，世事即将重新开始
> 万物的关系与辨识

看看，什么样的梦想，什么样的意志，何等气魄！

我愿意，我允许，世事即将重新开始，诗人说话了！

诗的奇妙不仅仅是语言自身的张力，更重要的是来自于思想的涌动和燃烧。我们常常发现在思想的世界中，知识无力承担的无法抵达的，必须依靠诗和思的力量才能完成。因为可以用知识来回答的神秘绝不是神秘，而诗与思回答的神秘才是神秘，神秘是永远不可解的，你只能将你的灵魂交与他。

她在《我身体上平铺着你的绝地》中写道：

> 握住一块黝黑的石头
> 比雪还大

石头插着谁的十指

已是坚硬的花朵

走开　人群

我握着石头并听从命令

可是水边的马呦

你是多情的

躺下，躺下来

因为我的身体上平铺着你的绝地

　　诗人在这首诗里以命令来命令词，创造她的世界，铺展她的绝地。这绝地在驰骋的马背上，也在大地这匹马的背上，物象所指陈的世界深邃广大，完全不像是出自女性之手，令人惊叹。水印的文字现场，我不太了解，未与她讨论过，但我相信她是直觉的，等待诗抑或在生命的路上遭遇一首诗，甚至要跟一首诗乃至多首诗打一场不大不小的架，这样的事件构成她自己写作的神话，犹如古老部落的宗教禁忌。

　　克洛德·列维·施特劳斯在《神话学》里提到，人们在神前以鸟羽、曼陀罗汁、罂粟花籽、烟灰、松枝、蜂蜜投射和追踪他们的恐惧、爱以及梦想，水印亦如是。她文字中的诸多物象、诗句究竟隐喻着什么？这些历久弥新的古老密码意味着什么？谁是托娜塔？命名，召唤，病痛，这精灵是植物性的人还是动物性的花木？没有人知道这谶语击中哪一株花木下的灵魂，没有人懂得也就没有人受伤。

她的画是她的另一个世界，另一种言说方式，尤其她那些极具写意的小画，虽然尺幅很小，但是意境广大、神秘、深邃、不确定，正是这些秘密的难以言说的况味，吸引着我们。这些画的造型和笔触甚至比文字更具魅惑性和解释性，让人常常陷入沉思：我们的身心的确存在着我们的创造者的模样，其实单单肉体的物质的欲望的我们，根本无法遭遇美好的事物。看水印的画，我更加坚信创造之美根植于心灵的率真，而这率真完全根源于伟大的他者。

2017.8.25 兰州

西棣，诗人，现居兰州。著有诗集《与落日一起退场》。

我们巫术般地彼此祝愿

白 冰

水印怀孕生孩子的那一段日子，我们完全失去了联系，三四年的时间。因而，我没有看见过她挺着大肚子的样子，也没有看到她洗奶瓶晒尿布或被孩子的哭闹弄得披头散发的样子。

再一次见到水印的时候，她依旧是长裙飘飘、清清爽爽、从容安静、轻声细语。依旧是用明亮淡定的眼睛跟人交流和微笑。依旧喜欢谈诗聊艺术，跟好玩的人在一起。生活，仿佛对她没有丝毫的磨损。

一辈子要紧的事，也许不只是生孩子过日子吧，还有写诗和画画。就我个人的经验，一个人只靠情商和智商的努力，无法使灵魂完全摆脱生活的泥沼，只有纯粹的愉悦才可以拯救我们。写诗、画画，对她来说，是一件愉悦的事。那些奇妙的词语、闪烁的幻境、色彩的世界，以及怀抱着孩子时脑袋里一闪而过的东西，是点燃她内心欢愉的一个个火柴头。

她不是一个把生活和艺术混为一谈的人。生活被她剥离和经营得看不出任何漏洞和破绽，她取乎其中，恰当适度地过日子。安逸之外，衣食无忧之外，一些约定俗成的格式化生活，在她那里得到删繁就简的有效净化。生活的大框架还完整无损地保留着，但在内容上，她尽量使它成为一张干净的画布。

因为，在画布的背面，还有一些神秘未知且美好的东西，会缓缓渗出来。

经常，她沉浸其中，专注于即将浮现而出的美好的东西，为此，她力图抓住她灵魂深处一些神秘的东西，一些转瞬即逝的东西，一些真实的东西，一些"错误"的东西，这些东西像神秘的念头一样疯狂滋生，使她的深度意识和感觉随之觉醒并蔓延开来。真正想要的东西一点点清晰凸显，她把自己稀释在一首诗里、一幅画中。

在她的诗和画里，我感受到这一点的时候，是一种纯粹自由的感觉，那些恣意纵横的词语和颜色，与心灵的记忆紧紧相随。它们是具象的，也是抽象的，就像生命之谜的代数里一个没有被破解的命题，各种可能存在的奇思妙想的演算，它来自想象、感觉、认知和自供。

当诗歌和绘画成为一种自觉，她并非是毫无节制的。那些由词语和颜料构成的诗篇和画面，她赋予它们思想自由的同时，在语言节奏上，她给予它们以编织。这些编织的物象，有一些休止符、一些转换，或一片留白。在需要复调的时候，她会毫不吝啬地给它们以不绝的回音。实际上，她具备一种音乐编织能力。

水印的诗歌语言是魔幻的。在表达上，她通过一个物象产生一个新的物象，使变化的物象之间充满相互撕扯的张力，这张力的场域又弥漫着一切相互关联的神秘性。她将感受力和想象力的触角，通过跃动的语言拉伸到更长更远，伸入到事物内在和人性更隐秘的幽暗的真实里，完成了她内心精神世界和个人抽象情愫及思维的诗语表达。

她的诗和画在文本上是不可解构的，阅读它们，全靠一个人的感知能力和感觉的强烈程度，懂与不懂，因个体而异。她自言自语，沉浸在自己的艺术世界里，那是一个无比宽阔高远的世界，她自由发挥。

她是这个城市的一个独立发光体，与万物闪耀的意义之光迥然相异，她是隐秘的。

2017. 7

白冰，自由写作者，诗人，现居兰州。

后　记

已是八月。七月奇异。光，爱的火焰和热忱。每一次和每一时刻的出发，都是为着得救。

此书是继我的第一部诗集《象外之花》（2012 年 11 月，阳光出版社）之后，又一次的抵达。

感谢诗人谢瑞，感谢诗人蒋浩。他们是我第一本诗集的编辑与装帧设计者。他们在后来的三年里妥善保管我的一些纸本绘画，使之在兰州、银川、海南之间来回。感谢长江文艺出版社诗歌出版中心的沉河和谈骁，这本诗集由这南方葱茏的诗园，散发到注定的阅读者手中，多么好。感谢诗人白冰，再度为我写水印印象和诗歌印象。感谢诗人、作家叶舟，在一个夜晚读我的诗很久。感谢多年前他为我早期画作写的字条。

感激以上朋友们对我的帮助，以及这里没有提及的，我的朋友。

这些瞬间的抵达与永久的照耀啊，幸不辱使命，此书诞生。

此书诗稿与画作的整理与修补历经春天到秋天。

此处，给我的师长诗人西棣以深深的谢意。用我全部的诗篇致敬。

此处，用阿波罗的明亮，深谢诗人、评论家苏明为诗稿的整理与编辑以及最初的策划设计所付出的辛勤劳作。

那些夏天和秋天，苏明与西棣大声朗读着我的诗稿，永远记得。没有你们，就没有这部诗集。

感谢我生命中的 X，后来自有结晶体。

感谢时间与存在。

感谢我家人的理解与支持。感谢我的两个女儿，天使一般的女儿。乔的面孔像初昼一样圣洁。哦，因这些提及，感恩最大的造物主。造物主造得万物。造了我，并造了我的房子，在水之上，我得以写作与绘画。

我得以写作。令我敬畏，谦卑，清洁，愉悦，与自己也与神性面对。神借着写作者绘画者的手指，洞察隐秘，降临着诗与画，指向着事物的神秘与本质。这些天真而确凿的光之暗地，豢养野兽，也召唤天使。这些时间就是永远的时间。她将自身献给了未知，她遗忘了自身。她孤独，唤醒了秘密。

是的，遗忘着，孤独着，唤醒着，直到涌起的，解救的，如这新造的大海。

是的，终于，更深的远处啊，曾熄灭的大海，在爱我之中的，在淹没之中的，在天使之中的，涌上白昼。

亲爱的读者，让我们一起涌上白昼。

水印　2017.8.17

图书在版编目（ＣＩＰ）数据

涌上白昼 / 水印著. -- 武汉 ：长江文艺出版社，
2017.12
　 ISBN 978-7-5702-0074-0

　Ⅰ. ①涌… Ⅱ. ①水… Ⅲ. ①诗集－中国－当代
Ⅳ. ①I227

中国版本图书馆 CIP 数据核字（2017）第 296932 号

责任编辑：谈　骁　　　　　　责任校对：陈　琪
封面设计：江逸思　　　　　　责任印制：邱　莉　　王光兴
插　　图：水　印　　　　　　图片排版：于　阅

出版：　　长江出版传媒　　长江文艺出版社

地址：武汉市雄楚大街 268 号　　　　邮编：430070
发行：长江文艺出版社
电话：027—87679360
http://www.cjlap.com
印刷：武汉市福成启铭彩色包装印刷有限公司

开本：880 毫米×1230 毫米　　　1/32　　印张：7.375　插页：20 页
版次：2017 年 12 月第 1 版　　　　　2017 年 12 月第 1 次印刷
行数：4284 行

定价：46.00 元

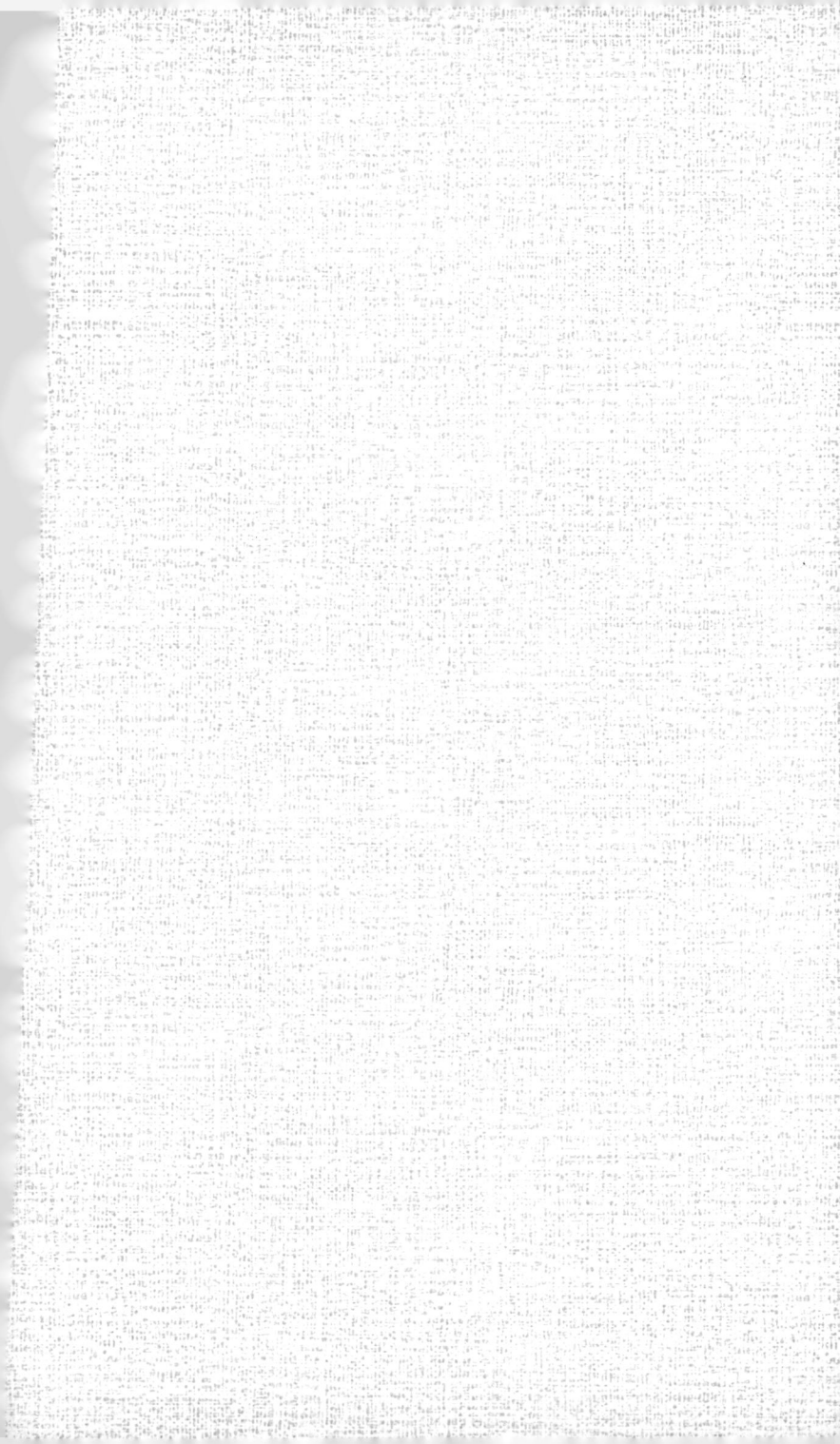